たんぽぽ

岩佐なを

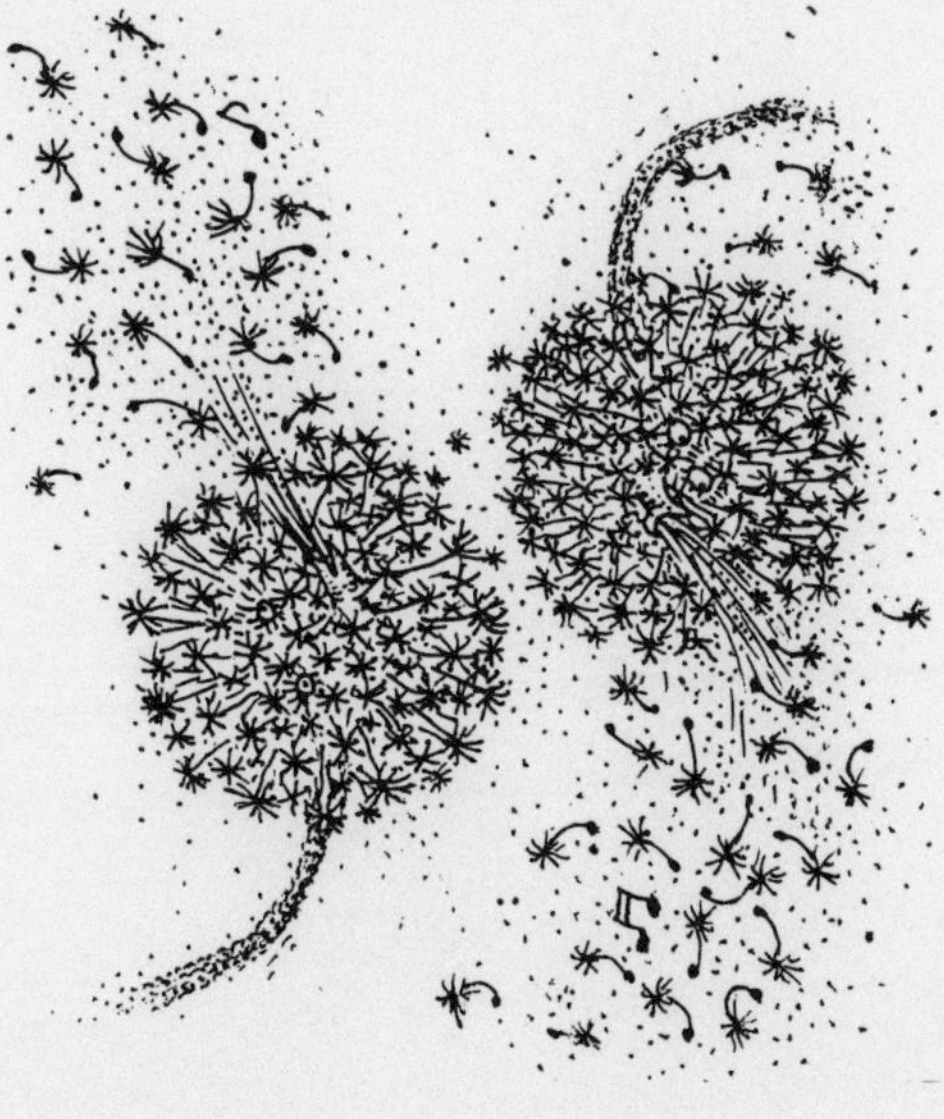

たんぽぽ

岩佐なを

思潮社

目次

再会　8
寂寞　12
蒟蒻　16
朝酒　20
責任　24
樹海　28
遅刻　34
お庭　38
庭　42
雨　46

風　50
灰　56
半びらき　60
あのかわ　64
ひとり　68
のろし　74
たどん　78
ご報告　82
晩年　88

装画＝岩佐なを
装幀・組版＝佐々木安美

たんぽぽ

岩佐なを

再会

眠れかろやかにとおくまで
よきひとびとよ
どこまでも
花一輪
雲一片
生前仕事仲間だったひと
いともたわいないことで笑いあえたひと
目があってほほえんだだけのひと

おりおりに
ぽつぽつと
おむかえするのは嬉しい
ふつうそこの川を渡ってやってくることに
なっているけれど
それは常識というそうで
庭先の芝生にひろがっていたり
若い枝に実っていたり
出現の仕方は案外わからないもの
どれが尊いということはない
視線をあたたかく放れば
ひとがたにかわり
こちらへ近寄ってきてくれるし

握手するのですよ
なつかしいとか
ひさしぶりだねとか
あれからどうしたなんて言って
はたから見ていれば
そのあと狭霧にまぎれて
消えてゆくだけだけれど
ひととき
おだやかな景色をおおう
かぐわしい空気をあびて
さ、
ご一緒いたしましょう。次頁へ

寂寞

『たんぽぽ』と書かれた
一冊を暗い机の上に咲かせて
かれは出て行ってしまった
庭には自分を慰めるそよ風がふいているか
こころぼそくなりながら
かるくまぶたを閉じた
くらがりで
花をやさしく下から読む

ぽぽんた
子狸の愛称のようだよ
失われた男の子ではないよ
「くすっ」と呟いて目が覚めたうしみつ
このうしみつとはいまや親しい
幼年のころはうしみつどきが怖かった
ひとつふたつほうらうしみつ怖かろう
横臥をといて正座それから
ゆっくり立って小用をたしに
毎夜中出かけるいつまで
いつまでもこんな切ないことを
うしみつの廊下を歩めば
あとから小さなおもかげがついてくる

扉を開き
便器に向かってかまえれば
おもかげの息づかいは背後でうすれ
けはいも消える
ぽぽんた
いない
蒲団へのかえりみちは
ひとり
じゃくまく

蒟蒻

梅雨どきの誕生日が過ぎると
あらたに踏み出した一歩の
足が痛い
二歩目も痛いこの世の
地面や壁や階段が
ひと肌に温められた蒟蒻に
なっていて歩きにくく
三歩目の足も痛い

足が何本あっても足りない
そこで役者ふうに
立ちつくす
もちろん暗喩ではなく

こうして歩かなくなっていった
父のうしろ姿が停留所にある
しぐれに降られ濡れる前に
運よく死んだ彼は
バスに乗って先にいってしまった

一番前の席に座って
フロントガラスにポチポチつく

水滴を見ているその
向こうにはこれからやってくる
厚手の景色が蒟蒻色で広がっていて
プヨプヨな前途を配置している
鄙の芝居
運転士さん、
次で私から降りましょうか。
あなたが降りてしまうと、
誰もいない乗客たちは途方に暮れて、
バスはまたしても廃車です。

くすんだ景色に組みこまれ
たちまち百年経った老いぼれとなり

蒟蒻畑の片隅で朽ち続けるのりもの
みえたりみえなかったり
朝陽があたってゆらいだり
夕陽がしみてゆがんだり
さらば息子（だれの）
さよなら父（どこの）
科白じみた風音
きこえたりきこえなかったり
気にしないで
ああ
かるい安穏

朝酒

鬼の腕を
取り返されてからというもの
越前和紙に
墨で線を引いてはありさまをああ
朱で面を塗ってはありさまをああ
執念で伝えようと
絵解きを作っております
今となってはそれしかできずああ

無念至極

夜が明ければ
見ず知らずの大鳥が
ベランダの手摺にとまり
人を喰ったように
舌なめずりでこちらを覗いては
ほくそ笑むものですから
気分もすぐれずどんよりとあっちと
こっちの境目がああ不明瞭なのです
咲き始めた眠りの谷の罌粟の花
とか霊宿る御山の麓に罌粟の花
とか朝飯前の御酒をひとり閑に
酌みながら脳裡の血色の景色を

ねっとりと夢見るのです
あああ鮮やかでござんす
かるがるしくも
一日がまたはじまりはじまり
友は次々に旅立ってゆき
残されたものはいつ立てばよいか
平手造酒譲りの薄笑いを浮かべながら
もう数本の徳利をあけて
息の根も深く惑うころあいで
朝酒に溺死するのでございますよ

責任

いとをかしの
暮れ方だった
かれこれ昭和も枯れて
外では行く手の景色もすけすけの頃
黒電話が
どすをきかせて鳴った
重いジュワッキをとると
耳を当てるところから声がした

あなたのお骨が出ましたから責任もって
引き取りに来てください。という
やるせない気分さ。
昔そこは一軒家の喫茶店だった、という
とり壊されて掘りおこされて
私が出た
部分的であったから極端に
責任を感じることもなかった
いい加減なサテンのあるじは自称詩人で
店自慢のブレンドコーヒーは
インスタントだった、という
少しは責任を感じろよ。
と読者諸氏は思われるかもしれない

ほら
また秋の暮だ
言葉はなにを肴に付け合わせて
雰囲気やこころもちを供するべきか
ここから先は長い夜
想い出にふけるにはもってこいだ
つらかったなぁ。
あの頃の心の日照り
骨の出たあたりは駐車場になるそうで
ほら
かなたの青山もゆるりと隠れた
夜の帳が下りてきたなら
利き手でひょいとかるく持ち上げて

くぐれば
弔い酒にちがいない

樹海

うたたねのなかにも
樹海はひろがっていて
深く遠くへ分け入れば
なつかしいひとたちが
樹のかげからでたりかくれたり
よくきたね、なんてうら若い記憶の兄が
かすれた語り口で包みにくる
応えてはいけない

とり返しのつかないことになるからね
目ざめたとき
あちらだったりさ
色白であざやかな紅をひいた
自称くろかみのいもうとが
ふたりで大きな不始末をかるく
しでかしましょうよ、と誘ってくる
しでかすには樹海をまずぬけないと
ダメでしょう、
ダメですか、
応えてはいけないはず
なやましいことになるからね
鳴いて血を吐くほととぎすなんて

森林浴もだいなしだな
みんな去って
みんないなくなって淋しい
月夜の森林で大樹が
背丈の順につぎつぎ脱皮して
緑の匂いと焦げ茶のかげが
濃くなりました
過去の自分が迷わないように
つけた幹の傷
そのあとが首すじにあるねと
うそつききつつきに指摘され
青くさい心身に
深手を負った

若気の至り
の至ったところはどこ
ぬけられません
ぬけられます
ぬけますか
樹海でさまよう夢幻のそとへ
おはよう、おはよう、
おはようの声掛けでは
まったくうたたねから
救い出すことができない
とはきゅうかんちょうの弁
あ、
もうダメかも

そもそも樹海をぬけて
うたたねに戻らないと
瞑目は
順を踏んで
永く眠るひとに至る
だれも明日も
かれも今日も

遅刻

おぎゃっ。いきなり泣いてみたものの
まにあわなかった、面目ない。
まっぱだかで急いでこの世に出たとき
もう父方の祖父も母方の祖父も
出かけたあと（途中で擦違ったか）
戦争もあったし結核もあったし
出かけやすい時節ではあった
部屋に通されて暫し待つ間に

外の景色を特注で拵えてもらう
生まれてくる前のおもいでを
やすい金で買った
やすかろうわるかろうでも
いいじゃないか。
江戸時代にも流れていた川に
明治時代にも架かっていた橋があり
橋上には今も人や車が行きかい
渡るあの蒼い上着の男は背後に
かるく黒いうずまきをなびかせ
さざえのはらわたのぐりぐり模様みたいな
時間のうずを暮れ方に馴染ませて
東詰から西詰へ歩いて行く

祖父のようでもあり（父方のか母方のか）
あかのたにん（紅色のか朱色のか）
のようでもあり
この窓からいつまで見つめていても
歩く男は前へ進まない
祖父にしては若すぎる
たにんにしては気になりすぎる
早く決めないとおまえが消えてしまうよ、と
祖母（父方か母方か）の枯れた声が
窓ガラスを幽かにふるわせる
早々にまいったな。
あせるな

お庭

サンダル履きで
うわっ。よ
よろけながら
わけもなく
午後の庭に立たされる
いまなんで。
くぐもるひとり言
きみ、

時計草、
いまなんじ。
たまむしいろで
ぞろっぺぇの厄鳥が聞こえよがしに
キャツキャツキャツと
緋薔薇蹴散らし血の声で
かるがると飛んでいく
け、行っちまえ。
こんなに狭い処にも
厄介ないきものが
立たされていて
邪魔くさくてごめんなさい。
身には身の

土には土の
木には木の
木火土金水にあらまほし
御安泰
次の暦次の暦と繰っていよよ
すりきれくたびれ
ここまできて
今ではお庭様にも
気をつかう
馬の齢を身代わりで
重ねてしもうた、
無念にもほどがある。

庭

夏至、雨。
庭の箱の濡れたガラスを
慎重にはずすと底に
びっしり並んだ小さいサボテンたちが
上目遣いをする
そこへやわらかく雨があたる
たまには湿りなさい。
周りから

ひと気が減って
いのちうすらいで
花鳥草木をたのみにしていた
じいさんはある夜
枠を踏み外してどぶんと落ち
今はあの世の温泉につかって
笑っている
のんきな「上がり」
おめでとさん。
それはそうとあなたは
夏至と冬至と
どちらが好きですか。
うめ対ゆず

ひる対よる
は。ねえねえどっち。
かるくこたえて。
ガラスの蓋をもとに戻して
庭ごとたたむ
じくじくも
ほどほどに
明日、晴。

雨

印象の椅子に座って
机上の安い画用紙に色鉛筆で
斜線をひく
なんぼんもいくすじも
机のむこうは雨の窓
見やればいつも雨が降り（光も）

次の世の四角い水槽に
裸体が浮いていて
もっと濡れろと雨が降っている
あのからだはわたしではない
ないけれど今だからそう思うだけのことだ

きこえる
言の葉をうつ雨音が
意味を呟いている
もうきこえない
斜線を消しゴムでつよく拭って
紙が傷つく

遠い裸体は次第に白色に変わり
やがてぽつぽつと錆びてくる
光は斜線を緩め古びて暗い
光にも何ものへも届かない時があり
あたかも
真夜中に目覚めて
考えてもどうしようもないことを
繰り返し考えて
眠れなくなる夢に
濡れている気分に似て

風

コ、コッ
個と孤
それぞれどのように
さみしいか
かなしいか
しょっぱいか
ヒトが歳を厚めに重ねていくとき
（若いときでさえも）

ひとりひとり
だれもかれも
必ず消滅についてやや想い
ちかくを遠い目で見る
たとえばうかつにも
ひとりになった夕方
身につまされるものがたりを
薄手の人生から掬いはじめてしまう
これまでの自分のどこを救うか拾うか
捨てなさい
拾う
捨てなさい
その夜は

眠りのさなかで疲労を拭いきれない
目を瞑っても強風にさいなまれ
右に左に揺さぶられるあたま
いつまでもどこまでも
地球のうらがわでも風は吹き荒れ
バルパライソも風の街らしいよと
友人が言ったもう
四十年も前の声を
枕の上で今宵聞いている
安眠はとうに吹っ飛ばされていて
気力視力想像力筋力火力死考力
聴力判断力水力回復力影響力魅力
徐々に衰えていくなら

がまんしながら気づいていられる
でもある時ぐぐっと崩れることがあり
表層そして深層
崩壊した景色を
眠りの疲労層にそってながめている
ややあって
かなしいきもち
あああ
すかすかの脳裏にも
風が吹いてくる
こわれもの注意
おおお
帰りたいけれど

毎日上っていた坂が
真新しく歪んでいて
明日からは斜度も増すらしい
左手には大イチョウの茂る緑があるから
油断してひとりになった夕方
しばらく葉の生命力をながめて
眼を励まし
一歩ふみ出す
チチッと鳴いて小鳥が飛び
古い歌曲が風にのって届く
次の足を一歩ふみ出すと
アナタヒトリ
ヨイカオリノヒトトキヲカンジテ

なんて聞こえる

灰

心を通わせることの
できるものがひとつあれば
おちつく夜もある
眠りに繋ぐくすりではなく
挿花でも便座でも宙に浮く
ほこりめいた予見や
たけなわのきおくでも

枯れた草
草の灰
静かでありたい蒲団に入ってからは
ひとりひとり想って
関わった仔細をなぞってみる
もう会えない人
まだ会えそうで会えない人
忘れかけている人からは
すでに忘れられている
たとえ大切だったとしても
想いだされないことはつらくない
と逝った飼い犬も枯れた庭木も告げてくる

子供時分裸足でおりた庭の土
春のぬくもりは空気（上半身
地面は冷ややかだった（下半身
眠気に埋もれるまで
掌にひと匙おさめれば
おちつくもの
を
眠りの灰

半びらき

ひるま
ゆだんしてソファーで
口を半びらきにして
眠っている自分を見ると
ああ、いずれこんな表情をして
死ぬんだなとさとる
半びらきの口へ、
氷砂糖を入れたらいいいか、

カメムシを入れたらいいか、
どうやってこの世に呼びもどしてやろう。
鳥の糞では我ながらかわいそう。
ならカメムシだってかわいそうぢゃないかい。
ま、ビミョウ。
都会でカメムシは今そう簡単に手に入らないよ。
前世の恋人のくちづけは、
どうだろう。
その一撃であの世、だね。
雪女っていいね。
つららのお姉さんも。
ほら
手が動いている

指を折って数えている
あれを
籠の鳥がにわかに
鳴き始めたけれど
ひるねの半びらきはつぐまない
のんきなら
わるいことではない
好きなだけ
ゆだんしておやすみ

あのかわ

川の字
しばらくは
まんなかに横たわっていた
左に母
右に父
だったか
頭の方へ流れていった
どんぶらどんぶらどんぶらこ

気づくと文字はほぐれていて
やむなく息をついで岸へ上がった
何ごともなかったようにあるいは
人生を終えたみたいに
身体をきつくぬぐってから
この先はあるく決心をした
二本の脚があった
さいわいにも
それからもう一度
時が流れた時と流れた大川へ戻り
握ってきたことばや
懐にした文字をできるかぎり
丁寧に洗い清めながら

ことばや文字で、
伝われば造作ないんだよ。
なんてふてくされてもみた
一人芝居
なにもいない川
なにをなにものへいつまでに
伝える役だったのだろう
彼方に流れる
記憶の川よやさしく
氾濫してみてくれないか
適切に
不適切に

ひとり

どこへ
かえっていくのだったか
初夏の夕暮れ少し前
煮物の匂い漂う門前町の商店街を
ふたりで歩いている
過去から今日へ斜めにくる
西日がややまぶしくて
もう晩夏特有の憂いを想い描いては

いつまで暑いのだろうと
先回りして鬱陶しがる自分を
こわれかけていると知っている
知っていることが本当はこわれていない
証しなんだと安心したいことも知っている
こども時分からいままで
いつもなにかに不安であった
なにかはその時々でちがった
お参りのかえりにいつも
途中までついてくる老女が
頭蓋骨の内側に貼りつく声で
よくしゃべる
この路地を入ったところに風さんが

住んでいてなりは汚いが優しくて
小金は持っていたなんて言う
（風さん、はあだ名なのだろう）
おまえのじいさんの友だちで
ほうきを作って空気を掃いて清めていたなんて言う
（寒山拾得、ほうきをもつのはどちらさん？）
よぼよぼしていないじいさんは
ほんとうにこの世に生きているひとなのかな
ほとけさん
ああのひと
先行くじいさんに
「風さん」と呼んでみると
商店街からひとが一瞬消える

もう一回「風さん」と叫ぶと
もう誰も消えない
何人かが振り向いていぶかし気に
こちらを見る
ごまかそうと街路樹の方へ目を逸らすと
竹ぼうきがたてかけられている
白髭おきなのわすれもん
となりから追い打ちの老女の声
おまえもとしとっちゃって見てらんないね
と芝居の台詞みたいにきこえてくる
だってだって
としをとったのだから往来で急に叫んでも
おかしくないよねと

庇ってもらいたくて言うと
ずるいぞ
老女はいない
てれかくしゆるすまじ
そんなことがしつけだと思っているのだろう
正直自分でもよくわかっている
頬もこけた
のどちんこも
ちぢかんだ
だからこそ急に叫んで
今世のうちに
声が出るかを試した
わかるよね

ね

のろし

このごろ上手にあがった狼煙をみない
こころの中でくすぶって
鼻孔からもくもく出す煙は
のろしとはいわない
こころのおおかみの
けむりなんだよな、のろし。
例えば。死んでゆく身近な
ヒトばかりでなく助けを求めた

おとなりのネコとしてのクロも
犍陀多は救わなかったメチャクチャ屋
後はご存知の通り聖い蜘蛛糸も切られ
下方修正され落ちた
どこへかえっていったのか。
ただいま。
おかえり。
はい、あげる、あたらしいいのち。
なんて矢つぎ早になんで
生きなければならないのか
わからない
自分が自分であるように
自分がだれかではないように

おおかみは狼の煙でいたずらに
ヒトをまくかもしれない
煙幕のまくかもしれない
まかれてもいい
それが生きること
まかれなくてもいい
それも生きること
植物動物いきすだまなら
こころの地平線の手前にあがる
けむりを読んで
これからのことは
考えましょう。

たどん

いざ。眉を解き耳を調えて
枯野の奥へ歩いていくと
重そうなものがぬきぬきと
歩く音が聞こえる
呼をきよめて吸をたくわえ
ヘッと
ふりかえる
と黒色球体がゆっくりところげ

地面を鎮めている
たくさんのいきものが燃え
焼かれその炭が寄り集まり
大きな球になってせつなげにころがる
見てみぬふり
聞いてきかぬふり
触れば温みもあろうか
嗅いで咳込むことはできるか
枯野の先へのみちづれはまあるい
炭団さん
ぬきぬきと枯草を踏んで
すすむすすめ北向けえ、
北。

北方図譜では
裸足の鶴たちがなきながら
帰っていくが引き鶴とて
帰郷の末に焼身のめにあえば
黒球にまとまって
冷たい地帯を均すだろう
此の世で
中てられたものは
寿命のゆく手へころがりころがり
音はぬきぬき真心ですすめよ
枯野の果て
断崖

ご報告

わたくし

余分に目ざめる
夜中が湿っている
外は霧雨だと
袖がまくれた肌で感じている
皮膚は無意識にかけるけれど
皮膚とかくには字引を繰った

歳とともに痒いところ
痛いところが増え
重ねたときが寒色の層になって
体内に澱をつくるらしい
おりから次のときが芽吹くけれど
摘みとることはできない
そこを探るのに
視線は脆すぎるし指は太すぎるし

ときには共有できるときと
できないときがあると空想していた

まっぴるまの現実場面で受けるゆがみ
夢で再び見たくないゆがみを
どうはらっていけばいいか
二度と目ざめない永い眠りで見る
終わらない湿った夢を
どうぬぐっていけばいいか
土中の闇夜で迷えばいいか

明朝すがすがしい
作業机の前の窓から
白銀の風がかすかに吹いて
金襴の風もひそかに吹いて
吹かれたこの世このときをやや

ほこらしげに感じたりもした
誰から授かった風かにわかに悟ったから

四十年余りむかしに描いた絵の
見目麗しい女性の輪郭線がほぐれて
空気に混ざって流れてくることがあるって
こわい
大きく吸いこむほどの覚悟も体力も失せ

対応できない
かぐわしいさそいは
どうにもいたしかゆしで
鼻先でシッとはらってしまった

失敬。
この行いはけして
やせ我慢でも贅沢でもなく
ただただ
は、反射的に
軽率

［不肖記］
みなさまへ
無頓着に
かるがるしくも

晩年

としをぼろぼろに重ねて仕事をなくした後は
ふくろの先生に弟子入りした
と云っても先生はほんとうの
先生ではなくて
ときどきふくろをくれるひと
新聞紙を切って折って糊つけて
ふくろにしたものをくださる
それを恭しくいただいて家で夜な夜な
同じものをこしらえる

そうした作業を続けていると
ちがう紙でもふくろを作れるようになる
たのしい
生きていくのに大切な書類でふくろを
一所懸命に作ったこともあり
困るほどたのしかった
先生がふくろから出て来て
わきまえなされ。と
おっしゃることもあった
仕事はなくしたけれど使っていない
鳥の子紙は押し入れに眠っていたので
よく起こして因果を含めてから切って
ふくろにしてやった

表に寺や神社のマークを
画いてやるとおちついた
たたずまいのふくろになる
中から先生が出て来て
もう、あたしのことは忘れなされ。と
おっしゃるので
淋しさあまって
紙と紙とあらゆる紙を貼り合わせ
折って切って貼って大きなふくろを作り
中に入って
永眠した

著作一覧

『能筆少女』私家版、一九七八年
『水域からの風説：細密画集』沖積舎、一九八〇年
『蝉魔』紫陽社、一九八〇年
『姉の力』カタ工房、一九八一年
『夢の環』七月堂、一九八三年
『狐乃狸草子』七月堂、一九八七年
『離宮の海月』書肆山田、一九九〇年
『方寸の昼夜：銅版画蔵書票集』岩崎美術社、一九九二年
『霊岸』思潮社、一九九四年
『虫の巻』思潮社、一九九七年

『しのぎ』思潮社、二〇〇〇年
『鏡ノ場』思潮社、二〇〇三年
現代詩文庫178『岩佐なを詩集』思潮社、二〇〇五年
『岩佐なを銅版画蔵書票集：エクスリブリスの詩情』美術出版社、二〇〇六年
『しましまの』思潮社、二〇〇七年
『幻帖』書肆山田、二〇〇八年
『海町』思潮社、二〇一三年
『パンと、』思潮社、二〇一五年
『ゆめみる手控』思潮社、二〇二〇年

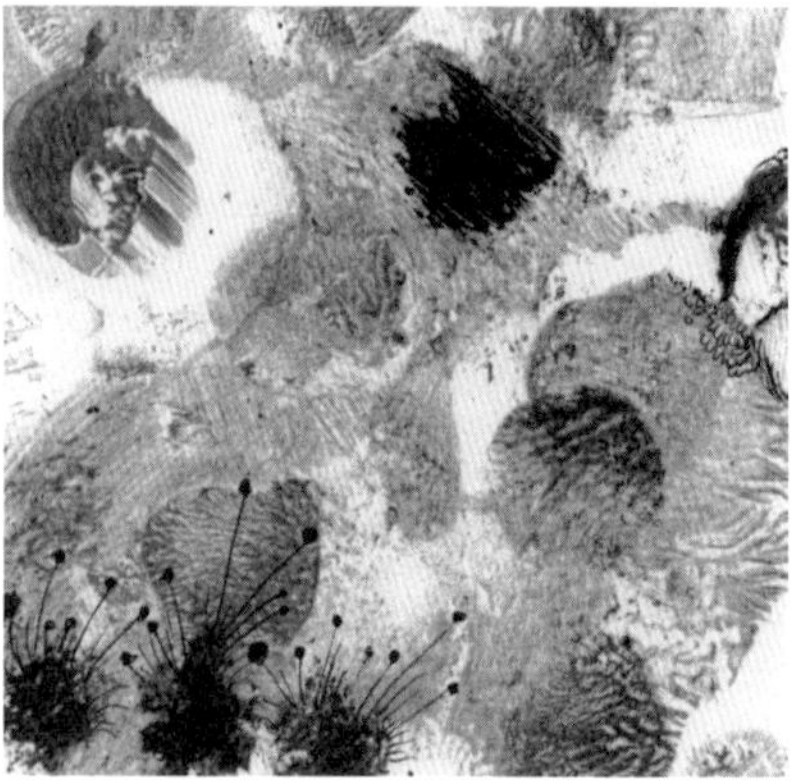

たんぽぽ

著者
岩佐《いわさ》なを

発行所
株式会社 思潮社
〒一六二-〇八四二東京都新宿区市谷砂土原町三-十五
電話〇三-五八〇五-七五〇一（営業）
〇三-三二六七-八一四一（編集）

印刷・製本
三報社印刷株式会社

発行日
二〇二三年六月三十日